どろぼう猫《ねこ》と
モヤモヤのこいつ

小手鞠るい・作　早川世詩男・絵

静山社

もくじ

どろぼう猫とモヤモヤのこいつ

1　太陽《たいよう》のくもり空

窓《まど》の外には、青い空が広がっている。
ぼくの家はマンションの七階《かい》にあるから、空がよく見える。
青い空には、ひつじ雲がうかんでいる。
ピアノの前にすわったまま、ぼくは、ひつじの数をかぞえている。
一頭、二頭、三頭、五頭、十頭――ああ、もう、かぞえきれないよ。
かぞえきれないほどたくさんの、ひつじたち。
手前のほうには、でっかいひつじのむれ。

遠ざかるにつれて、だんだん小さくなっていく。

あのひつじたち、どこからやってきたのかなぁ。

ひつじ雲が空いっぱいに広がったら、次《つぎ》の日は雨ふりになるんじゃなかったっけ。

ベランダでは、鉢植《はちう》えのコスモスと、菊《きく》と、りんどうが、風にゆれている。

花とつぼみと葉《は》と茎《くき》が、さわさわ、さやさや、ゆらゆら、まるで、ないしょ話をしているように見える。

秋風と秋の花たちがメロディを運《はこ》んでくる。

やさしくて、やわらかくて、あたたかい音楽だ。

さあ、練習《れんしゅう》のつづきにもどろう。

しせいを正して、楽譜《がくふ》に目をやる。

ぼくが練習《れんしゅう》しているのは『子犬のワルツ』だ。

この曲《きょく》をつくったのはショパンで、ショパンはポーランドで生まれた作曲家《さっきょくか》だ。

子犬の名前はマルキで、マルキが自分のしっぽを追《お》いかけて走り回るすがたを見ながら、ショパンは作曲をしたという。

ショパンは、とても美《うつく》しいピアノ曲《きょく》をたくさんつくったので「ピアノの詩人《しじん》」と、よばれている。


九月の日曜日の午後。

静《しず》かだ。
静《しず》花《か》ちゃんは、友だちといっしょに、登山《とざん》に出かけている。
静《しず》花《か》っていうのは、ぼくのおばあさんの名前だ。
家《か》族《ぞく》はみんな「静《しず》花《か》ちゃん」と、よんでいる。
明るくて、いつだって元気いっぱいで、にぎやかな人だ。
にぎやかだけど、しずかちゃん。
おじいちゃんの名前は六《ろく》郎《ろう》で、家《か》族《ぞく》はみんな「六《ろく》さん」と、よんでいる。
静《しず》花《か》ちゃんは、ときどき「十八《じゅうはち》」って、よんでいる。
6×3＝18ってわけだ。
おかあさんの名前は美《み》月《づき》で、みんなは「みーちゃん」と、よんでいる。

ぼくも、いつのまにか「みーちゃん」って、よぶようになった。

おかあさんも、そうよばれるのが好《す》きみたいだ。

ぼくの名前は「太陽《たいよう》」だ。

静花《しずか》ちゃんも六さんもみーちゃんも、ぼくを「太陽《たいよう》」と、よぶ。

ぼくにだけはなぜか「ちゃん」も「さん」も「くん」もつかない。

「太陽《たいよう》は太陽《たいよう》なんだから、ちゃんとか、くんとか、そんなものは必要《ひつよう》ない。雨でも、くもりでも、雪でも、太陽《たいよう》だ。なんていい名前なんだろう」

と、静花《しずか》ちゃんは言っていたっけ。

たしかに、いい名前だと思う。

地球《ちきゅう》を照《て》らしているのは太陽《たいよう》だもん。

この名前をつけてくれたのは、六さんだそうだ。


六さんは、スーパーマーケットへ買い物《もの》に出かけている。

みーちゃんは、先月から、演奏旅行《えんそうりょこう》で、ヨーロッパへ行っている。

というわけで、家にいるのは、ぼくひとりだ。

ぼくは勉強部屋《べんきょうべや》にこもって、ピアノといっしょに、留守番《るすばん》をしている。

来月のはじめに、ピアノのコンクールがある。

ぼくはコンクールに出場して『子犬のワルツ』を弾《ひ》く。

だからこうして、練習《れんしゅう》に練習《れんしゅう》を重《かさ》ねている。

「ピアニストはね、爪《つめ》が割《わ》れるまで練習《れんしゅう》をする。チェリストは、指《ゆび》のかわがむけるまで、練習《れんしゅう》をする。一に練習《れんしゅう》、二に練習《れんしゅう》、三も練習《れんしゅう》、百も練《れん》習《しゅう》」

いつだったか、みーちゃんは、
そんなことを言っていたっけ。
三から急《きゅう》に百に飛《と》ぶところが、
みーちゃんらしい。
みーちゃんはチェリストだ。
チェリストとは、チェロという楽器《がっき》を弾《ひ》く
音楽家だ。

ああ、むずかしい。
短《みじか》い曲《きょく》なんだけど、すごくむずかしい。

最初《さいしょ》のパートは軽快《けいかい》に、まんなかの部分《ぶぶん》でちょっとだけスローになって、最後《さいご》はまた軽快《けいかい》に弾《ひ》く。

軽快《けいかい》に、リズミカルに、くるくるくるくる、ぐるぐるぐるぐる、子犬が自分のしっぽを追《お》いかけているように。

あ！　まちがえた。

そこは、そうじゃないだろ、そこは、こうだろ。

そう、こう弾《ひ》くんだよ。

頭ではわかっているのに、指《ゆび》が動《うご》いてくれない。

いつも、そこで、まちがえる。

そこまで来ると、指《ゆび》と指《ゆび》がぶつかって、もつれて、からまってしまう。

そこだけをゆっくりと、何度《なんど》も、何度《なんど》も、弾《ひ》いてみる。

うん、これでいい。
じゃあ、最初《さいしょ》からやってみよう。
軽快《けいかい》に、リズミカルに、子犬が自分のしっぽを追《お》いかけているように。
まんなかの部分《ぶぶん》でちょっとだけスローになって、最後《さいご》はまた軽快《けいかい》に、
リズミカルに――
ああ！　だめだ、だめだ、だめだ。
また、おんなじところで、まちがえた。
だめだ、こんなんじゃ、コンクールになんて、出られない。
自信《じしん》がない、ない、ない。
みんなの前でまちがえたら、はずかしい。
不安《ふあん》と恐怖《きょうふ》だけがある、ある、ある。

鍵盤《けんばん》から手を離《はな》して、ためいきをつきながら、胸《むね》をおさえる。

左手と右手を、胸《むね》のまんなかで重《かさ》ねて、ぎゅっと。

おんなじところで、まちがえるのはきっと「こいつ」のせいだ。

胸《むね》のなかで、もやもやモヤモヤ、ざわざわザワザワ、うごめいている、こいつ。

雨雲のかたまりみたいな、ほどけない毛糸のこぶみたいな、不安《ふあん》、自《じ》信《しん》のなさ、まちがえるんじゃないかっていう恐怖《きょうふ》。

いやなやつ、憎《にく》たらしいやつ、やっつけようとしても、やり返してくる、しぶといやつだ。

こいつのせいで、窓《まど》の外は晴れていても、ぼくの空はくもっている。

2 ショコラに会いたい

ちょっと、休けいしよう。

ぼくはピアノから離《はな》れると、本を手にして、自分の部屋《へや》から、リビングルームへと向《む》かった。

ソファーに寝《ね》っころがって、本を開《ひら》いた。

ショパンの伝記《でんき》だ。

つづきを読もうと思っていたのに、ふと、ソファーの下をのぞいてしまう。

そこにはもう、ショコラはいないとわかっているのに。
ショコラは、いない。
ショコラはぼくたちを置《お》いて、ひとりでどこかへ行ってしまった。
どこかって、どこだ。
遠いところだ。

さびしい。
ショコラに会いたい。
もう一度《いちど》だけでもいいから、会いたい。
そう思うと、もわっと涙《なみだ》が出てきた。
涙《なみだ》が頬《ほお》を伝《つた》って、くちびるまで流《なが》れていく。

涙《なみだ》には塩《しお》が入っているから、しょっぱい。

しょっぱい涙《なみだ》をなめながら、ショコラのことを思い出す。

ぼくが泣《な》いていると、ショコラはいつも、ぼくのそばまで走ってきて、涙《なみだ》をなめてくれた。

もう泣《な》くまいと決《き》めたのに、思い出すまいと決《き》めていたのに、ぼくはまた思い出して泣《な》いている。


ダークブラウンのふさふさの毛、くるんと曲《ま》がったしっぽ、まんまるな黒いボタンみたいな瞳《ひとみ》を持《も》った、めすの犬。

おだやかで、すなおで、ゆうかんで、とってもたよりになる友だちだった。

かけっこが大好《だいす》きで、かくれんぼも大好《だいす》きで、追《お》いかけっこも大好《だいす》きだった。

いつもいっしょに、公園へ散歩《さんぽ》に出かけた。

いつもいっしょにベランダに出て、夕日をながめたり、花の観察《かんさつ》をしたりした。

宝物《たからもの》は、骨《ほね》の形をした人形――「かみかみ人形」で、特技《とくぎ》は、だれかがなくしたり、落《お》としたりしたものを見つけること。

たとえば、ぼくが落《お》としてしまって、なくしてしまった家のかぎを見つけて、くわえて、持《も》ってきてくれたこともあった。

静花《しずか》ちゃんのなくしたサングラスや、みーちゃんのなくした手袋《てぶくろ》の片方《かたほう》を、散歩《さんぽ》中に、草むらのなかで見つけてくれたこともあった。

「ショコラは捜索犬《そうさくけん》だな」

「警察犬《けいさつけん》にもなれるよね」

「においだけで、すべてがわかるんだから、すごいよ」

「じゃあ、においで、この算数のプリントもやってくれるかなぁ」

「足し算はできても、掛《か》け算は無理《むり》だろうな」

六さんは、テニスシューズをかくされて、めちゃくちゃに「かみかみ」されて、こまっていたこともあったっけ。

ショコラの大好《だいす》きなものは、スニーカー、登山《とざん》ぐつ、ランニングシューズ。

あとは、スポーツ用のソックスなんかも大好《だいす》きだった。

「ショコラ、スポーツ用品店《ようひんてん》でも開《ひら》くつもりか」

「どうせだったら、チョコレート屋《や》さん、やってよ。ぼく、買いに行くからさ」

「ショコラのチョコ屋《や》さん。すてき！」

「だめだめ。犬も食わないチョコを、犬が売っていいわけないだろ」

そんな会話を思い出すと、また、泣《な》けてくる。

泣《な》くな、太陽《たいよう》。

おまえは太陽《たいよう》だろ。

太陽《たいよう》は、泣《な》かないはずだ。

なのに、なんで泣《な》くんだ。

おまえは、弱虫だ。

ショコラは、ぼくが赤ん坊《ぼう》だったころから、この家にいた。

死《し》んでしまったのは、

「寿命《じゅみょう》だよ。ショコラにあたえられた生命《いのち》の時間。ショコラはそれをまっとうして、天国へ行った。だから、よく生きたねって、ほめてあげないといけない」

と、静花《しずか》ちゃんは言った。

ショコラは、子犬のときに公園に捨《す》てられていて、仕事《しごと》の帰りに見つけた六さんがうちに連《つ》れてかえってきたのだった。

犬の寿命《じゅみょう》は短《みじか》くて、だいたい十年から十五年ほどだという。

ショコラは十一歳《さい》だった。

天国へ旅立《たびだ》ったのは、七月の終《お》わりだった。

前の日の夜までは、ごはんも食べていたし、足は弱っていたけど、ぼくといっしょにベランダにも出ていたのに、翌朝《よくあさ》、起《お》きてみると、自分専用《せんよう》のベッドのなかで、まぶたを閉《と》じて、つめたく、かたくなっていた。

あのときぼくは、生まれてはじめて「死《し》」を見た。

みーちゃんは、

「目が溶《と》けて、なくなってしまいそう」

って言いながら、三日くらいずっと、朝から晩《ばん》まで泣《な》いていた。

家のなかには、悲《かな》しみの嵐《あらし》がふきあれていた。

静花《しずか》ちゃんは、ショコラのお葬式《そうしき》が終《お》わった日、ぷいっと家を出ていったきり、三日ほど、帰ってこなかった。

「だって、家にいたら、いろいろ思い出して、悲《かな》しくなるだけだもん」

ぼくだって、悲《かな》しかった。

ぼくだって、家出をしたかった。

だけど小学生には、家出なんて、できっこない。


あれから、二か月が過《す》ぎた。

静花《しずか》ちゃんは、スマートフォンの待《ま》ち受《う》け画面《がめん》に、ショコラの写真《しゃしん》をのせている。

みーちゃんは、チェロのケースに、ショコラの毛の入った、小さなおまもり袋《ぶくろ》を入れている。

六さんは毎朝、ショコラの写真《しゃしん》の前に、ショコラの好物《こうぶつ》を置《お》いている。

みんな、あんまり泣《な》かなくなったけど、心のなかでは、泣《な》いているんじゃないかな。

この家のなかには、ショコラの思い出が多すぎる。

どこで、何をしていても、ショコラのことを思い出す。

ショコラの背中《せなか》の毛のにおい、ショコラの首の太さ、ショコラの声、ショコラの笑顔《えがお》、ショコラの鼻息《はないき》、ショコラのまつ毛、ショコラのよだれ、ショコラの――

ショコラはどこにもいないのに、思い出だけがここにある。

3 エーゲ海の島《しま》の猫《ねこ》

こんにちは、はじめまして。
あたしの名前は、ミニヨンといいます。
エーゲ海にうかんでいる小さな島《しま》で生まれた、女の子です。
ミニヨンの意味《いみ》が知りたい？
教えてあげる。
あのね、ミニヨンはね、フランス語で「ちいちゃくて、かわいらしい」って意味《いみ》。

この島《しま》にいっぱい生えているオリーブの木の実《み》や、そこらじゅうでさいているオレンジの花みたいに。

キュートで、ラブリーってこと。

オレンジはね、オレンジ色をしたフルーツだけど、オレンジの木にさく花は、白くて、小さくて、とってもかわいいの。

もうひとつ、教えてあげる。

「ミニヨン」はね、ドイツの詩人《しじん》で、作家でもあるゲーテさんの書いた小説《しょうせつ》に出てくる、主人公《しゅじんこう》の名前にもなっているの。

そして、その小説《しょうせつ》をもとにしてつくられた「ミニヨン」という題名《だいめい》のオペラもあって、第《だい》一幕《まく》で、ミニヨンちゃんが歌う歌は「きみよ知るや南の国」っていうの。

つまり、お話の主人公《しゅじんこう》になったり、オペラ歌手になったり、自由気《じゆう》ままにそういうことができる、キュートでラブリーな女の子。

そう、それがこのあたし、ミニヨンです。


エーゲ海って、どこにあるか、わかる？

答えは、ギリシャとトルコのあいだ。

地中海の一部《いちぶ》でもあります。

波《なみ》のおだやかな海に、小さな島《しま》、大きな島《しま》、中くらいの島《しま》、いろんな形の島《しま》がいっぱい、うかんでいます。

かぞえたことはないから、わからないけれど、アイルランドの森に住《す》んでいる、物知《ものし》りの友だちのライアンくんによると、二千五百個以上《こいじょう》の島《しま》があるんだって。

すごい数でしょ、2500以上《いじょう》だよ。

星の数よりは、少ないのかもしれないけれど。

そのなかのひとつの島《しま》で、あたしは生まれて、大きくなりました。

さっきもお話ししたように、この島《しま》には、オレンジの木とオリーブの木がたくさん生えています。

朝から晩《ばん》まで、気《き》持《も》ちのいいそよ風がふいています。

風はオリーブのかおりと、オレンジのかおりと、海のかおりを運《はこ》んできます。


ああ、とってもいい気《き》持《も》ち。

波《なみ》の音を聞きながら、そよ風にふかれていると、だんだんねむくなってきます。

あたしは、オレンジの木の下で、おひるねをするのが大好《だいす》き。

好《す》きなものはほかにもあって、それはフルーツ。

それから、旅《たび》。

知らない国へ出かけていって、めずらしいフルーツを見つけたら、くんくん、においをかいで、こっそり持《も》ちかえって、食べて、残《のこ》った種《たね》を、あたしのつくった、とくべつな庭《にわ》に植《う》えます。

とくべつな庭《にわ》、ミニヨンガーデン、見たい？

いいよ、見せてあげる。

さあ、いらっしゃい。
どう?
いろんなお花がさいているでしょ。
これがあとで、いろんなフルーツになるの。
こんなすてきな庭《にわ》、見たこと、ないでしょ。
あたしはこれから、おひるねするから、あなたは好《す》きなだけ、ここで遊《あそ》んでいって。
フルーツも、好《す》きなだけ、食べていいからね。
うーん、どれくらい、ねむっていたのかな。
わからないけれど、ぐっすりおひるねしたから、元気いっぱい。

さあ、お出かけしよう。

きょうはね、このあいだ、ライアンくんが教えてくれた、ふしぎな島《しま》国《ぐに》へ行ってみようと思うの。

ライアンくんの話によると、

「ひし形、細長い形、りぼんの形、しっぽの形、いろんな形の島《しま》が集《あつ》まっているんだ。花もフルーツも、いっぱいあった。オレンジとオリーブは、あったかなぁ。よく覚《おぼ》えていないけど、でも、見たこともないようなフルーツも見た！」――。

これはぜったい、行ってみなくちゃね。

おみやげに、いろんなフルーツを持《も》ってかえってこなくちゃ。

このバスケットいっぱいに、こぼれそうなほど。

あなたもいっしょに、お出かけしたい？

じゃあ、いっしょに行きましょう。

あたしの乗《の》り物《もの》は、風のじゅうたん。

遠いところへ旅《たび》に出かけるときには、かもめの形をした、この風のじゅうたんに乗《の》って、大空をひとっ飛《と》び。

ふりおとされないように、あたしの背中《せなか》にしっかり、つかまって。

風のかもめは、あっというまに、あたしたちを見たこともなかったワンダーランドへ連《つ》れていってくれる。

さあ、小さなミニヨンの大きなぼうけん物語《ものがたり》の、はじまり、はじまり。

4 太陽《たいよう》のサプライズ

「ただいま〜」

午後三時、買い物《もの》に出かけていた六さんが帰ってきた。

両手《りょうて》にぶら下げている買い物《もの》用のバッグから、やさいやフルーツがあふれそうになっている。

ブロッコリー、ズッキーニ、トマト、マッシュルーム、なす、柿《かき》、ぶどう、くり、梨《なし》。

「ようし、今夜は、やさいたっぷりピザと、チョコチップクッキーをつくるぞー」

午後四時半、山登《やまのぼ》りに出かけていた静花《しずか》ちゃんが帰ってきた。

「お帰り～」

ぼくの出むかえに対《たい》して、

「腹《はら》へった！　晩《ばん》ごはんは、なんだろう」

「頂上《ちょうじょう》からのながめ、最高《さいこう》だったなー」

「おむすびの数が足りなくて、けんかしちゃったよ」

「さあ、まずはお風呂《ふろ》だ、お風呂《ふろ》」

「太陽《たいよう》、ちゃんと弾《ひ》けるようになったか、子犬のワルツ」

ひとりなのに、五人分の答えが返《かえ》ってくる。

まるで、カプリッチオ――狂想曲《きょうそうきょく》みたいだ。

あれ？　狂騒曲《きょうそうきょく》だったかな。

さっきから、六さんと静花《しずか》ちゃんは夕ごはんをつくっている。

ふたりはいつも、いっしょに、ごはんをつくる。

食べるのもいっしょ、あとかたづけもいっしょ。

なかよしのふたりなのだ。

「何か、手伝《てつだ》おうか」

と、ぼくが声をかけると、

「じゃま、じゃま、太陽《たいよう》はじゃま」と、静花《しずか》ちゃん。

「太陽《たいよう》は、ぼくらを照《て》らしてくれるだけでけっこう」

と、六さん。

ふたりのじゃまをしてはいけないと思って、ぼくはすごすごと自分の部屋《へや》へ。

ちょっとだけ、ピアノの練習《れんしゅう》をしたあと、ベッドの上にごろーんと寝《ね》っころがって、ぼーっと天井《てんじょう》を見つめていたら、ある場面《ばめん》がうかんできた。

まるで、物語《ものがたり》のなかの一場面《いちばめん》みたいな、あのできごと――。

あれは、おとといのことだった。

借《か》りていた本を返《かえ》すために、立ちよった学校の図書室で、ぐうぜん、すずらんちゃんに会った。

心臓《しんぞう》がどきどきした。

なぜって、ぼくは前々から、すずらんちゃんと友だちになりたくて、もっといろんな話をしてみたくて、でも、声をかける勇気《ゆうき》なんかなくて、うずうずしていたからだ。

図書室で、すがたを見つけても、遠くから見つめているだけだった。

「あ、太陽《たいよう》くん、元気だった？　ひさしぶりー」

すずらんちゃんが手を上げて、合図をしてくれた。

近づいていって、ぼくはこう言った。

「うん、ひさしぶり、だね」

小一から小三までおなじクラスだったけど、小四で別々《べつべつ》になってしまって、話をする機会《きかい》が少なくなっていた。

すずらんちゃんは、それまで読んでいたらしい絵本をぱたんと閉《と》じて、きらきらした瞳《ひとみ》をぼくに向《む》けてくれた。

「ピアノ、がんばってる？」

「ああ、うん、まあ……まああかな……」

もっと、しゃきっとした答えを返《かえ》したいのに、なぜか、できない。

なさけない。

ぼくはうつむいて、すずらんちゃんの手もとに置《お》かれている絵本のタイトルに目をやった。

『海の猫《ねこ》ミニヨンのミニぼうけん』――。

ミニヨンのミニぼうけんって、どんなぼうけんなんだろう。

って、思っていたけど、それも口にはできなかった。

すずらんちゃんは、言った。

「あのね、このほかにもね『森の猫《ねこ》ライアンの大ぼうけん』っていうのもあるんだ。それも、すっごくおもしろいよ。太陽《たいよう》くんも、読んでみたら？　ライアンは貸《か》し出し中みたいだから、わたしがこの本を返《かえ》したあとで、ミニヨンを先に読んで、そのあとで、ライアンを読むといいよ」

「ミニヨンのあと、ライアン……」

つぶやきながら、ぼくは、ぼーっとしていた。

ぼーっとしていたのは、うれしかったから、なんだけど、そんなこと、すずらんちゃんには、わからなかっただろうな。

すずらんちゃんは、にっこり笑《わら》って、ぼくを見つめていた。

「読んだらね、きっと、びっくりするようなことが起《お》こるよ。わたしにも起《お》こったんだ。びっくりが、にっこりに変《か》わるようなことだよ」

「それって、どんなこと」

問《と》いかけたとき、すずらんちゃんの笑顔《えがお》が、月の光から太陽《たいよう》の光に変《か》わった。

「それは、ひみつ。読んでみてのお楽しみだよ」

すずらんちゃんに起《お》こったようなことが、ぼくにも起《お》こるのかな。

びっくりが、にっこりに変《か》わるって、それって、どんなこと？

次《つぎ》に会ったら、何が起《お》こったのか、ふたりで教えあえるってことなのかな。

頭のなかを、いろんな思いがぐるぐる回っていたのに、ぼくはなさけ

ないことに、

「読んでみてのお楽しみ」

って、ただ、すずらんちゃんのことばを、くり返しただけだった。

それから「じゃあね」「バーイ」って言いあって、別《わか》れてしまった。


なさけない。

あのときに何か、もっとかっこいいこと、気のきいたことを言えばよかった。

ごろんごろんと寝返《ねがえ》りを打《う》ちながら、ぼくは、後悔《こうかい》している。

すずらんちゃんと、なかよくなれるチャンスだったのに。

でも、なんて言えばよかったのかな。

たとえば、

「きみの好《す》きなお話なら、ぼくもきっと好《す》きになると思うよ」

とか？

ひえーむりだ、むりむり、そんなこと、言えっこない。

ここで、長調《ちょうちょう》が短調《たんちょう》に変《か》わる。

言えない、言えない、そんなことも、どんなことも、ぼくには言えない。

ぼくには、自信《じしん》がない。

自分に自信《じしん》がない、ちっともない、まったくない、ない、ない、ない。

ああ、またまた「もやもやモヤモヤ行進曲《こうしんきょく》」の登場《とうじょう》だ。

午後六時半。

「ごちそうさまー」

「このあと、梨《なし》をむくけど」

「柿《かき》もむくぞ。今年の秋、はじめての柿《かき》だよ」

「ああ、もう、おなかいっぱいで、なんにも入らないよ」

ピザとクッキーをたらふく食べて、自分の部屋《へや》へもどると、ぼくはふたたびピアノに向《む》かった。

あと一時間ほど、弾《ひ》いてみようと思った。

三十分後、ぼくはじゅうたんの上に寝《ね》っころがって「ああ、だめだ」って思った。

やっぱり、おんなじところでまちがえる。
なさけない、弾《ひ》けそうもない、自信《じしん》がない。
不安《ふあん》と恐怖《きょうふ》だけがある。
胸《むね》のなかの「こいつ」――もやもやとモヤモヤとざわざわとザワザワが消《き》えない。
ぼくは、だめなやつだ。
そこまで思ったとき、胸《むね》の上に、何かふんわりしたものがおりてきた。
首のあたりに、やわらかな毛の感触《かんしょく》がある。
え？　何？
これって、だれ？
もしかしたら、ショコラ？

ショコラがぼくの胸《むね》の上にいる？

ショコラにしては軽《かる》いけど、でも、やっぱりこれは――

ショコラ！

会いに来てくれたんだ！

ぼくはショコラを抱《だ》きしめようとした。

ぼくの両手《りょうて》をすりぬけるようにして、ふんわりしたものは、いなくなった。

わずか三秒《びょう》ぐらいのできごとだった。

5　ミニヨンのミニぼうけん

とっぷりと日が暮《く》れて、お月さまが空に顔をのぞかせたころ、あたしは、とってもふしぎな島国《しまぐに》の、ある町の、あるおうちの、あるベランダにおじゃましました。

おうちは高い建物《たてもの》のなかにあったので、とうちゃくは、とってもかんたんでした。

おじゃましたっていうと、なんだか招待《しょうたい》されてるみたいだけど、そうではありません。

招待《しょうたい》も歓迎《かんげい》もされていないのに、勝手《かって》におじゃまする。

みんなはね、そんなこと、しちゃだめよ。

あたしはね、どんなおうちの、どんなお部屋《へや》にも、おじゃまできます。

だって、あたしのすがたは、人間の目には見えないんだから。

人間には見えないけど、猫《ねこ》には見える。

世界《せかい》には、そういうものがたくさん、あります。

人間って、なんでも知っているようだけど、ほんとうは、なんにも知らないし、人間って、猫《ねこ》ほど賢《かしこ》い生き物《もの》ではありません。

というような当たり前のことだって、知らないのが人間ってものなんです。

でもね、人間のおうちって、すっごく楽しいの！

わあっ、すごい、きれい、かわいい、いいかおり。

ベランダの花たちを見て、あたしは胸《むね》をときめかせました。

見たこともなかったお花がさいています。

むらさき色のベルみたいな形をしたお花。

いままでに、かいだことのないかおりのする黄色いお花。

レース編《あ》みみたいな葉《は》っぱにつつまれて、細い茎《くき》の先でゆれている、ピンクと白と赤むらさきのお花。

ああ、これって、前にライアンくんが教えてくれた「コスモス」っていう名前のお花なのかしら。

なんて、すてきなんでしょう。

一輪《りん》ずつ、そっと、つみとって、バスケットのなかに入れました。

それから、ベランダの窓《まど》をすりぬけて、広いお部屋《へや》におじゃましました。


この家の家族《かぞく》はどうやら、ふたりのようです。

ひとりはかっこいい女の人で、もうひとりはやさしそうな男の人です。

ふたりはリビングルームのソファーに、なかよくならんですわって、おしゃべりをしています。

おしゃべりに夢中《むちゅう》だから、あたしの気配《けはい》には、まったく気づかないみたい。

だから堂々《どうどう》と、キッチンにおじゃましました。

ここでは、めずらしいフルーツを発見《はっけん》しました。

ひとつめ。

色はオレンジ色だけど、あたしの島《しま》のオレンジとはまったくちがった形をしていて、皮《かわ》はつるつるで、ぴかぴかのフルーツ。

ふたつめ。

ライアンくんの好物《こうぶつ》の赤いりんごに、形はそっくりだけど、色はうすい黄色。

みっつめ。

形はオリーブの実《み》に、ちょっとにているけど、色はむらさきで、さわると、やわらかくて、やわらかいつぶつぶがいっぱい集《あつ》まって、ひとつの房《ふさ》になっているフルーツ。

ひとつぶだけ、食べてみたら、あまずっぱい味《あじ》。
それぞれ一個《こ》ずつ、つぶつぶは三個《こ》だけ、バスケットに入れました。
いただきものは、これで、じゅうぶんです。
いただいたものは、たいせつに持《も》ちかえって、たいせつに育《そだ》てます。
それがミニヨンのミニぼうけんなのです。
さあ、風のじゅうたんに乗《の》って、島《しま》へ帰ろう。
あたしは、ベランダに向《む》かって、歩きはじめました。

と、そのとき、音楽が聞こえてきました。
あ、あれは――
ピアノの音です。

きらきらと光っている、ダイヤモンドのような音色です。

光が波《なみ》のように、よせては返《かえ》しています。

お日さまの光を浴《あ》びて、青い海で、金色の魚が、はねているようです。

そうかと思えば、星のしずくが夜空から落《お》ちてきて、紺色《こんいろ》の海に、銀《ぎん》色《いろ》の水玉もようをつくっているようでもあります。

こんなにもきれいな音楽、いままでに一度《いちど》も、聞いたことがありません。

うっとりします。

いったい、だれが、どんな人が、ピアノを弾《ひ》いているのでしょう。

この家に、ピアニストが住《す》んでいたなんて。

あたしは、音のするほうへ向《む》かって進《すす》んでいきました。

ろうかの奥《おく》のつきあたりの部屋《へや》。

音楽は、そのドアの向《む》こうから聞こえてきます。


あたしはそっと、そーっと、ドアをあけました。

ピアノを弾《ひ》いているのは、男の子でした。

背中《せなか》をまるめて、一生けんめい弾《ひ》いています。

おなじ曲《きょく》を、何度《なんど》も、何度《なんど》も、くり返し、弾《ひ》いています。

えらいなあ、りっぱだなぁ。

あたしは、ピアノのそばに置《お》かれている勉強机《べんきょうづくえ》の上にすわって、しばらくのあいだ、演奏《えんそう》に耳をかたむけていました。

さんさんとふりそそぐ光のなかで、かわいらしい子犬が走り回っているような、楽しそうな曲《きょく》。
なんだけれど、ちょっと、悲《かな》しそうな感《かん》じもします。
どうしてなんだろう。
どうして、悲《かな》しいの？
なんだかミステリアスな音楽です。
あ、そうだ。
いいアイデアがある！
あたしは思いつきました。
そうだ、このすてきな音楽を、バスケットにつめこんで、持《も》ってかえろう。
この曲《きょく》を海辺《うみべ》で、波《なみ》や風の音といっしょに聞いたら、どんなにすてき

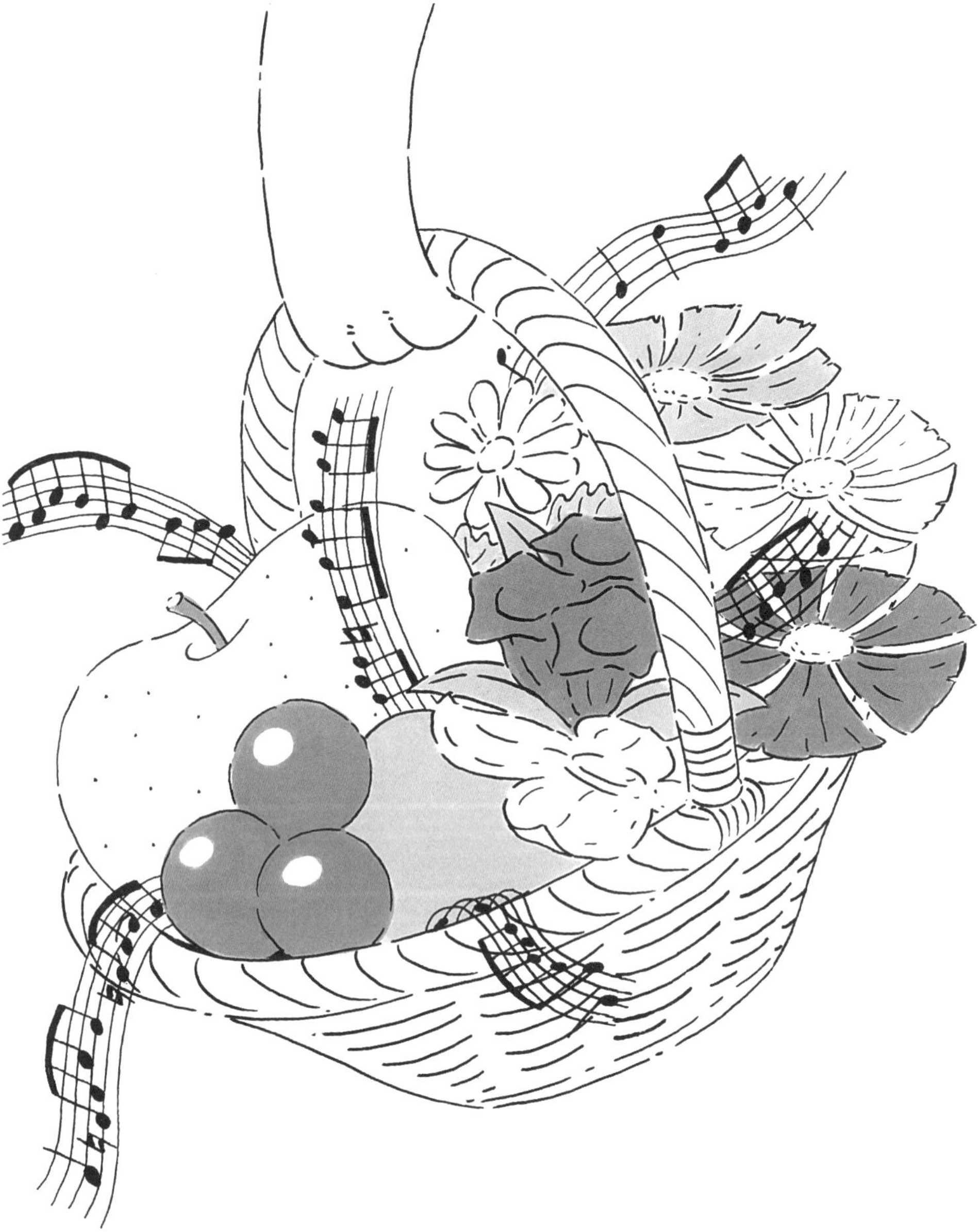

だろう。

机《つくえ》から、ピアノの上に飛《と》びうつって、男の子の奏《かな》でているメロディを、バスケットにつめこみました。

お花とフルーツのあいだに、音符《おんぷ》をぎっしり。

よし、これで、できあがり。


「あ、だめだ。また、おんなじところでまちがえた」

とつぜん、音楽がとぎれたかと思うと、男の子はピアノの前から離《はな》れて、じゅうたんの上にごろーんと寝《ね》っころがりました。

手足をばたばたさせながら、ひとりごとをつぶやいています。

「だめだ、だめだ、やっぱり、ぼくには弾《ひ》けっこない」

そんなことないのに、とってもじょうずなのに。

あたしはそう思いながら、男の子に「さようなら」を言うために、胸《むね》の上にふわりと飛《と》び乗《の》りました。

それから、あたしの自慢《じまん》のしっぽで、首のあたりをくすぐってあげました。

「ありがとう」っていう、気持《きも》ちをこめて。

そのとき、ふっと気づいたのです。

この子の、この胸《むね》のなかには、とってもミステリアスなものがある。

もやもやっとした、雲のかたまりみたいなもの。

解《と》けないなぞなぞの、答えみたいなもの。

フルーツでもないし、お花でもないけれど、これは何か、とってもおもしろい、びっくりするようなものにちがいない。
だって、あんなにすてきな曲《きょく》を弾《ひ》ける子の、胸《むね》のなかにあるもの、なんだもの。
ついでに、これも、いただいて帰ろう。
今夜のミニぼうけんは、大ぼうけんになりました。

6 太陽《たいよう》の大変身《だいへんしん》

がばっ、と、ほんとうに音がしたのかと思えるほど勢《いきお》いよく、ぼくは起《お》き上がった。

起《お》き上がって、窓《まど》の外を見た。

夜空には、切り落《お》とした爪《つめ》のような形をした三日月と、星がいくつか、きらめいていた。

ショコラだったのかな、さっきの、あの、ふんわりしたものは。

ショコラが「がんばって」って言いに来てくれたのかな。

そんなことを思いながら、ぼくはピアノの前にすわった。
さあ、もう一度《いちど》、やってみよう。
ちゃんと弾《ひ》けるようになるまで、何度《なんど》でもやってみよう。
だって、ぼくは太陽《たいよう》なんだから。
かがやく太陽《たいよう》なんだから。
地球《ちきゅう》を照《て》らす力強い太陽《たいよう》に、できないことはない。
ぼくに弾《ひ》けない曲《きょく》はない。
体じゅうに、気力がみなぎっている。
どうしたんだろう、ぼく。
なんだか、生まれ変《か》わって、別《べつ》の人間になったみたいだ。

ああ、むずかしい。

短《みじか》い曲《きょく》なんだけど、すごくむずかしい。

最初《さいしょ》のパートは軽快《けいかい》に、まんなかの部分《ぶぶん》でちょっとだけスローになって、最後《さいご》はまた軽快《けいかい》に弾《ひ》く。

軽快《けいかい》に、リズミカルに、くるくるくるくる、ぐるぐるぐるぐる、子犬が自分のしっぽを追《お》いかけているように。

あ！　まちがえないで、弾《ひ》けた。

わあっ、弾《ひ》けた！

つっかえずに、最後《さいご》まで弾《ひ》けた。

どうしたんだろう、ぼく。

とつぜん、一人前のピアニストになったみたいだ。

うれしくなって、最初《さいしょ》からもう一度《いちど》、弾《ひ》いてみる。

今度《こんど》もだいじょうぶだった。

何度《なんど》も弾《ひ》いた。

何度《なんど》、弾《ひ》いても、ちゃんと弾《ひ》ける。


コンコンコン、コンコンコンコン。

ドアをノックする音がして、ふりむくと同時に、ドアがあいた。

あくと同時に、拍手《はくしゅ》の音がした。

「太陽《たいよう》、よくがんばったなー」と、六さん。

「りっぱ、りっぱ、練習《れんしゅう》のたまもの」

「めちゃくちゃきれいに弾《ひ》けたね」

「きっとコンクールで優勝《ゆうしょう》できるよ」

「あたしが保証《ほしょう》する。最高《さいこう》だよ」

「みんなに自慢《じまん》してやるー」と、静花《しずか》ちゃんはひとりで五人分。

「あれ、聞いてたの」

「そりゃあ、聞いてたさ、耳を地獄《じごく》にして」と六さん。

地獄耳《じごくみみ》？

あれ？　それってちょっと、ことばの使《つか》い方がちがうんじゃない？

と思ったけれど、それは脇《わき》へ置《お》いておく。

いまは、国語の勉強《べんきょう》をしている場合じゃない。

「ありがとう、聞いてくれて」

ぼくはふたりにお礼《れい》を言った。

演奏者《えんそうしゃ》は、聞いてくれた人に対《たい》して、つねに感謝《かんしゃ》をしなくてはならない。

これは、みーちゃんの教えだ。

ぼくはみーちゃんの教えを守《まも》った。

7 まほうの指《ゆび》の誕生《たんじょう》

三日後、みーちゃんが演奏旅行《えんそうりょこう》から帰ってきた。

ヨーロッパのおみやげを、かばんいっぱいに、つめこんで。

「これはね、パリで見つけたの。静花《しずか》ちゃんに」

「おお、なんておしゃれなんだろう。この日傘《ひがさ》をさして歩けば、気分はたちまちパリの人だね」

「六さんには、はい、これ。レシピブックとして使《つか》って。フィレンツェの文房具屋《ぶんぼうぐや》さんで見つけたの」

イタリアにある町、フィレンツェの名物《めいぶつ》の、マーブルもようのノートブックだそうだ。

「ぼくへは」

「太陽《たいよう》にはね、ほら、チョコレートよ」

「どこで見つけたの」

「ウィーンだよ。モーツァルトさんから、あずかったチョコだよ」

「どうせあずかるなら、ショパンさんにしてほしかったよ」

みーちゃんの瞳《ひとみ》がきらりと光った。

「ところで、太陽《たいよう》。課題曲《かだいきょく》はマスターできたの」

「うん、できた！」

「じゃあ、聞かせて」

「了解《りょうかい》！」

「ずいぶん、自信《じしん》があるんだね。自信《じしん》とできぐあいが一致《いっち》してたら、言うことなしだね」

その夜、ぼくは三人の前で『子犬のワルツ』を弾《ひ》いた。

鍵盤《けんばん》の上を行き来するぼくの指《ゆび》が、まほうつかいになったみたいだった。

そうだ、ぼくの指《ゆび》は全部《ぜんぶ》、まほうの指《ゆび》なんだ。

すらすら弾《ひ》けた。

楽しく弾《ひ》けた。

百七十年以上《いじょう》も前につくられた曲《きょく》がいま、この瞬間《しゅんかん》、瞬間《しゅんかん》に、ぼくのピアノから生まれてきて、新しい音楽になっていくようだった。

最後《さいご》まで弾《ひ》き終《お》えたあと、一瞬《いっしゅん》の静寂《せいじゃく》。

三人とも、だまっている。

静花《しずか》ちゃんまで、だまっている。

おかしいな、どうしたんだろう。

うまく弾《ひ》けたはず――なんだけど。

「ぎゃあああああ、すっごくよかったー」と、静花《しずか》ちゃん。

「すばらしい！　スタンディングオベーションだよ、これは」と、六さん。

スタンディングオベーションとは、いすから立ち上がって拍手喝采《はくしゅかっさい》をすることだけれど、六さんは、最初《さいしょ》から最後《さいご》まで立ったままだった。

ふたりの大歓声《だいかんせい》を聞いたあと、ぼくはみーちゃんのほうを見た。
じつは、みーちゃんの感想《かんそう》がいちばん知りたい。
みーちゃんはただ、にこにこ顔で、手をたたいている。
鳴りやまない拍手《はくしゅ》みたいに。

ふたりが部屋《へや》から出ていったあと、みーちゃんは、ぼくのそばまで来て、肩《かた》に手を置《お》いて、こう言った。
「よく弾《ひ》けたと思う。むずかしい曲《きょく》なのに、よく練習《れんしゅう》したね。でも、じょうずな演奏《えんそう》と、人の心を打《う》つ演奏《えんそう》には、雨つぶひとつ、くらいのちがいがあるの。本番では、心を打《う》つような演奏《えんそう》をして。そのためにも、まだ練習《れんしゅう》をするのよ」

「うん」

すなおに、ぼくはうなずいた。

みーちゃんはプロの演奏家《えんそうか》で、ぼくのあこがれの先輩《せんぱい》だ。

先輩《せんぱい》のことばは、いつだって、黄金のことばだ。

「みーちゃん、あのね」

去《さ》っていこうとしているみーちゃんに、声をかけた。

「なあに」

「あ、なんでもない」

あの日、あの夜、ショコラが会いに来てくれて「がんばってね」って言ってくれて、だから自信《じしん》がついて、不安《ふあん》が消《き》えて、すらすら弾《ひ》けるようになったんだってことを、話そうかなと思ったけど、やめた。

この話をしたい人は、みーちゃんではない。
あの人だ。
あの人しかいない。

8　雨と虹《にじ》と、小指《こゆび》と小指《こゆび》

きょうもいいお天気です。

空はどこまでも青く、澄《す》みきっていて、雲ひとつありません。

エーゲ海は、空の青を写《うつ》しとって、空よりも深《ふか》い青にそまっています。

波《なみ》は、銀色《ぎんいろ》と金色にかがやいています。

そよ風につつまれて、あたしは、これから海辺《うみべ》のミニヨンガーデンへ出かけます。

テーブルに、ふしぎな島国《しまぐに》から持《も》ちかえってきたお花をかざって、大《だい》好《す》きなフルーツをいただきます。

フルーツから出てきた種《たね》を植《う》えて、お水をあげます。

それから、オレンジの木の下で、おひるねをするつもり。

バスケットのなかから取《と》りだした、あの、ピアノの音色を聞きながら。

きょうも、楽しい一日になりそうです。


あれれ？

お花をかざって、フルーツをいただいて、種《たね》を植《う》えて、さあ、次《つぎ》は音楽が出てくるはずだと思ったのに、出てきません。

何も聞こえません。

あんなにぎっしり、音符《おんぷ》をつめこんだはずだったのに、どうしたんでしょう。
あたしとしたことが、どろぼうに失敗《しっぱい》してしまったってこと？
そんなはずはありません。
あたしが失敗《しっぱい》するはずは、ありません。
どうしたんだろう、おかしいな、どこへ行っちゃったんだろう。
あたしはもう一度《いちど》、バスケットのすみから、すみまで、調《しら》べてみました。

あ、あった。
音符《おんぷ》はどこにもなかったけれど、ひとつだけ、残《のこ》っていたものがありました。
もやもやっとした、雲のかたまりみたいなもの。

解《と》けないなぞなぞの、答えみたいなもの。

フルーツでもないし、お花でもないけれど、これは何か、とってもおもしろい、びっくりするようなものにちがいない。

そう思って、バスケットのすきまに、おしこんできたもの。

すてきな曲《きょく》を弾《ひ》ける男の子の、胸《むね》のなかからぬすんできたもの。

ううん、いただいてきたもの。

いただいたときには、雲のかたまりみたいにふわふわっとしていたのに、いまはダークブラウンの毛糸の玉みたいになっています。

あたしは玉を取《と》りだすと、ころころと転《ころ》がしてみました。

転《ころ》がして、追《お》いかけました。

追《お》いついて、つかまえると、また転《ころ》がして、追《お》いかけました。

なんて楽しい追《お》いかけっこ！

そうか、これは、追《お》いかけっこをするための、ボールだったんだ。

あっ、いけない。

つかまえるのをしくじって、ボールが波《なみ》にさらわれてしまいました。

波《なみ》に運《はこ》ばれて、あっというまに、ボールは海のかなたへ。

あーあ、がっかり。

たいせつなボール、なくしちゃった。

ところが、なんてことでしょう。

海のかなたに消《き》えたと思っていたボールがいつのまにか、空のかなたに、うかんでいるではありませんか。

やっぱりあれは、雲のかたまりだったんだ。

雲のかたまりは、子犬の形をしています。

「いっしょに遊《あそ》ぼうよ」って、あたしをさそっているかのように、子犬はくるくる回っています。

子犬のまわりでは、強い風がふいているのでしょう。

子犬はだんだん大きくなって、空いっぱいに広がって、びっくりするようなことが起《お》こりました。


ぽつり、ぽつり、ぽつぽつ、ぽつり――

最初《さいしょ》はゆっくりと、少しずつ、ぽつぽつぽつ。

それからたくさん、雨がふってきました。

わあ、雨だ。

やさしい雨です。シャワーみたいな雨です。

気持《きも》ちいい。

あたしは、雨に打《う》たれて、くるくるくるくるダンスを踊《おど》りました。

お花たちもよろこんでいます。

お魚たちもよろこんでいます。

オレンジもオリーブもうれしそうです。

シャワーみたいな雨は、雨をほしがっているすべてのものに、やさしく、やさしく、落《お》ちてきます。

やさしい雨は、みんなが満足《まんぞく》したとわかったら、さぁっと上がって、
空には、七色の虹《にじ》がうかんでいました。

＊＊＊

いよいよ、あしたはコンクールの日だ。

ぼくはきょう、図書室で、すずらんちゃんに会う約束《やくそく》をしている。

すずらんちゃんに会ったら――

ぼくには、言いたいことがある。

それを言える、という自信《じしん》もある。

不安《ふあん》が消《き》えて、自信《じしん》が持《も》てるようになったから『子犬のワルツ』も、すらすら弾《ひ》けるようになっている。

あのあとも毎日、練習《れんしゅう》に練習《れんしゅう》を重《かさ》ねた。

小さな自信《じしん》が積《つ》み重《かさ》なると、大きな大きな自信《じしん》になっていく。

ショコラを思って、ショコラのために、弾《ひ》く。

悲《かな》しみを音楽に変《か》えていく。

ぼくの悲《かな》しみが、美《うつく》しい音楽をつくっている。

ショコラは、ぼくの弾《ひ》くピアノの、ひみつのエッセンスなのだ。

みーちゃんが教えてくれた「じょうずな演奏《えんそう》と、人の心を打《う》つ演奏《えんそう》には、雨つぶひとつ、くらいのちがいがある」って、こういうことなんじゃないかな。


「へえ、それって、どういうこと。その、ひみつのエッセンスって」と、すずらんちゃん。

ぼくらは図書室《としょしつ》で会って、いまはいっしょに歩いてかえろうとしている。

「知りたい？」

「知りたい」

「あのね、それって、びっくりが、にっこりに変《か》わるようなものなんだ」

「何それ」

「あれ、忘《わす》れたの。すずらんちゃんがぼくに、教えてくれたことだったのに」

「わたし、そんなこと、言ったっけ」

あっけらかんとした顔でそんなことを言うので、ぼくはなんだかおかしくなって、笑《わら》ってしまった。

「ごめん、わたしって、忘《わす》れんぼう」

すずらんちゃんもそう言って、笑《わら》いはじめた。

笑《わら》いと笑《わら》いが重《かさ》なりあって、さらにおかしくなって、ぼくらは笑《わら》いつづけていた。

これが「びっくりがにっこりに変《か》わる」ってことなのかな。

笑《わら》いながら、ぼくは言った。

「ピアノを弾《ひ》いているとね、いつもショコラのことを思い出して、泣《な》きそうになって、涙《なみだ》が止まらなくなってたんだ」

だけど、いつのまにか、泣《な》かずに弾《ひ》けるようになっていて、でも、たったひとつぶだけ、鍵盤《けんばん》の上に涙《なみだ》が落《お》ちる日もあって――

「わかった、それが、ひみつのエッセンスだ！」

「そのとおり！」

ショコラをなくした悲《かな》しみは消《き》えないけれど、でもその悲《かな》しみがひとつぶの結晶《けっしょう》となって、ぼくを守《まも》ってくれている。

「それってきっと、太陽《たいよう》くんのおまもりみたいなものなんだね。ショコラはいつも、これからもずっと、太陽《たいよう》くんのそばにいてくれるよ」

泣《な》きそうになりながらも、ぐっとこらえて、すずらんちゃんの顔を見た。

もう笑《わら》っていない。

真剣《しんけん》だ。

これがぼくの言いたいことだ。

「あしたのコンクール、
聞きに来てくれる？」

「いいよ」

「じゃあ、約束《やくそく》だ」

ぼくは小指《こゆび》を差《さ》し出した。

まほうの小指《こゆび》だ。

小手鞠るい

こでまり・るい

晴れの国・岡山で生まれ、現在はニューヨーク州の森の中で暮らす小説家。ミニヨンちゃんと同じで、お花とフルーツと旅が大好き。今、育てている花は、薔薇、マリーゴールド、ゼラニウム、ラベンダー、インパチエンス。好きなフルーツは、さくらんぼ、ブルーベリー、プラム、メロン。行ってみたい国は、ブラジルとアルゼンチン。どろぼうミニヨンちゃんのモデルは、東京在住の親友の猫、ミニヨンちゃん。ミニヨンちゃんに盗んでもらいたいものは、亡くなったプーちゃんを思って泣きそうになる、この胸のなかの涙の泉。

早川世詩男

はやかわ・よしお

イラストレーター。小学生時代に好きだった科目は図工。苦手だった科目は体育の水泳で、5年生まで泳げなかった。本の表紙の絵を描きたくて、イラストレーターになりたいと思うようになった。装画・挿絵を手がけた作品に『昔はおれと同い年だった田中さんとの友情』『星空を届けたい』『ゆかいな床井くん』『コトノハ町はきょうもヘンテコ』など多数。好きな花はマーガレット。好きなフルーツはりんごとオレンジ。ミニヨンちゃんに盗んでもらいたいものは、描けない絵。

どろぼう猫《ねこ》とモヤモヤのこいつ

2024年9月10日　初版発行

作家／小手鞠るい
画家／早川世詩男

発行者／吉川廣通
発行所／株式会社静山社
〒102-0073　東京都千代田区九段北1-15-15
電話03-5210-7221　https://www.sayzansha.com

印刷・製本／中央精版印刷株式会社

装丁／城所潤+舘林三恵（ジュン・キドコロ・デザイン）
編集／荻原華林

Printed in Japan　ISBN978-4-86389-894-3